땅과 씨앗이 필요해

차례

2부. 작은 한 평 텃밭일 거야

1부. 내게 주어진 것이 있다면

나는 못 가요

각자의 일상에서
지하철을, 버스를, 두 다리로
모였다 모두가 하나의 목적을 가지고

이곳을 지켜야만 해!

과거는 쟁기, 삽, 지금은 응원봉, 깃대,
여의도에서, 또 광화문에서

모두의 일상이 모여서 악을 지른다 우리를 내버려둬 우리의 일상을 되돌려 줘 우리
의 연말을 그리고 연초를 우리의 평화를 우리의 자유를

나는 한 번 뿐이었다 다시는 갈 수 없다
그 이유는 동인천에 두고 왔지요 그곳에 버려진 깃대 옆에 곱게 접어 뒀어요
내 영혼은 꺾이지 않았으나 흉터는 남았다 나는 이제 사람이 몰린 곳에 가지 못해요
저 사람이 나한테 집에 가! 하고 소리 지를까 봐

내가, 이 인파 속에서 나오지 못하게 막을까 봐

죽은 내 친구가 깃대를 잡고 서 있을까 봐

이 많은 사람 중 우릴 죽이려고 덤비던 사람도 있겠지요 그래서 나는 못 가요

아빠한테 전화가 왔다 흰색 모자 쓰고 있냐?

아니요 그건 제가 아닙니다 저는 못 갔어요 안 갔어요 안 간 걸지도 모릅니다 내가

너무 무력하고 약하고 한낱 흉터이기 때문입니다

마지막 인사

작년의 끈질긴 손길을 떨쳐내듯
무릎을 굽혔다가
양발에 힘을 꽉 주어 뛴다

발밑에서 작년의 나날들이 나를 잡으려
한 손
두 손
총 730개의 손이 내 발을 향해 다가온다

안 돼
나는 다른 사람이 될 거야

1인 공장

공장주는 나

중간 관리자도 나

일개 직원도 나

일용직도 나

공장이 굴러갈 때는 내가 굴러갈 때뿐

내가 늘어지면 그 또한 움직이지 않는다

데굴데굴

펜은 누가 잡아주지 않으면

글씨를 쓸 수 없다

눈에 떨어지는 것

간지럽다

눈을 비빈다

손으로 벅벅 긁는다

눈에서 손으로

옮겨 가는 건

떨어지는 건 각막일까

내가 보는 시야일까

어릴 때부터 그리 간지럽던 눈을

너무 비벼대서

내가 볼 수 있는 게 줄어든 걸까

울음소리

너는 네가 무슨 말을 하는지 알아?

나는 잘 모르겠어

내가 무슨 말을 하고 싶은지

어떤 단어를 선택할 것인지

문장은 어떻게 구성하고 또 무엇을 강조할 것인지

아기들은 좋겠어

그저 필요할 때

-

하고 우는 게 끝이니까

망한 꿈

이것도 꿈으로 쳐주나요?
이미 말아 먹은 걸요
상품 종류가 꿈으로 발주되어서 어쩔 수 없으세요
저는 그럼 이걸 평생 들고 살아야 하나요
죄송해요 더 도와드릴 수 있는 게 없네요
어쩔 수 없네요

가능성 없는 시인의 꿈을 들고 거리로 나섰다

끄적거림

가끔 내가 적는 단어들이 그저 끄적거리는 것일 뿐이라고 생각한다
그때 그 순간에 흘러갈 생각을 노트 위에 붙잡고
자유로이 흐르는 구름이 되지 못한 감정은 그대로 거름이 될지 아니면 고여서 썩을
지

그때가 오기 전까지는 아무도 모르지

끄적거리는 나나,
적혀지는 종이나,
종이를 헤엄치는 볼펜도 말이야

마지막 장

종이가 다 떨어졌다
그건 그냥 작은 핑곗거리
요즘은 폰으로, 컴퓨터로, 태블렛으로
수정도 간편하다
그럼에도 내가 종이 위에 펜으로 글자를 끄적이는 것은
수정하기 싫은 마음에서부터 시작됐을지 몰라
나는 마지막 장의 뒷면이 더 있을까,
괜히 종이를 만지작거린다
종이 여분이 있으면 더 좋은 글을 쓸 수 있었을지 모른다고
생각하면서

거울

나는 우울해
그러게

쓸모없는 생각만 해
그러게

나처럼 무능력한 사람도 없을 걸
그러게

친구네 고양이도 나보다 규칙적으로 하루를 보낼 거야
그러게

잠깐만,
너 누구야?
네가 원하는 너야
나는 그저 너일 뿐

떠 있는 건 오로지

새벽이다
오늘도 얼마 못 자고 눈을 떴다
밖은 컴컴하고
하고
그사이에 인공조명이 여럿 자리한다

아무리 밝아도 그건 가짜
거짓 불빛

태양이 뜨려면
진짜 불빛이 피어오르려면
4시간은 기다려야 한다
행성의 출근 시간도 어플로 확인할 수 있는 시대

땅과 씨앗이 필요해

편리함 속에서도 또다시 시작된 영겁의 기다림

그사이에 떠 있는 건

오로지 내 두 눈

내 정신

그런 쓸모없는 것들뿐

나에게 쓰는 말

옛 친구의 소식을 듣는다
듣지 않았다
그저 어떻게 사는지 두 눈으로 보았다

그럴 줄 알았다면서
제법 어울리긴 한다만
굳이 그런 선택을 해
학위가 아깝지도 않다니
그게 돈벌이나 되겠어
아직도 정신 못 차린 건 그때와 같네

거울을 보며 깔깔거린다
내 안의 말은 모두 나를 향한 것
험담은 모두 거울을 보고 만들어진 문장들

땅과 씨앗이 필요해

엑스트라

내 인생의 주체는 나인데

알면서도 가끔

내가 엑스트라 같다

엑스트라는 그저 주인공 주위를 채우는 인간 성냥

스스로 불탈 수도, 불빛을 만들 수도 없는

그저 가만히

성냥 대가리들

거울 속에 비치는 내 모습이 퍽 빨개 보인다

불 없이도

잠이 오지 않아,

이 오래된 불면증은 내게 독서의 기회를 주었다. 낮은 살기 위해 버티는 시간. 밤은 내게 자유로운 시간이니, 밤을 줄여서라도 낮을 버틸 수 있는 기억을 만들어야만 한다. 그래야 낮을 버티고, 다시 즐거운 밤을 맞을 수 있어.

한참 소설을 읽다가 자려고 불을 껐다. 컴컴한 방 안에서는 더 이상 책을 펼칠 수 없어 희미하게 빛나는 창문을 본다. 잠이 내 몸을 전부 감싸기를 빌지만 얘는 내가 원하는 대로 움직이는 존재가 아니야. 내가 집중하고 있을 땐 우다다 달리고, 그럴 필요가 없을 땐 되려 조용한 고양이처럼 잠도 내 마음대로 왔다 갔다 하는 애가 아니야. 나는 결국 핸드폰을 켠다.

깜깜한 곳에서도 책을 볼 수 있지,

이 얼마나 놀라운 발전인지 하지만 나는 어릴 적부터 이것과 같이 살았다. 그때는 폰으로 책을 읽진 않았으나 글과 떨어지지는 않았다. 전자도서관 화면을 계속 내린다.

계속, 빌릴 수 있는 책 중 흥미가 가는 것이 나올 때까지,

떨어진다,

계속,

더 보기,

또, 더 보기.

반절쯤 읽으니 이제야 잠이 좀 와,

내가 아까 읽었던 책으로는 부족했는지 이제서야 몸이 늘어지기 시작한다. 책을 읽다 자면 그 얘기가 꿈으로 나오진 않을까. 그렇다면 악몽이겠네. 나는 늘 더러운 인간의 이면을 잊지 않으려고 하니까 모든 게 악몽일 거야.

맛집

지이잉
영수증이 뽑힌다
지이잉
영수증이 또 뽑힌다
영수증과 영수증, 그리고 추가된 영수증이 계속해서 내려간다
길다

스크롤을 내린다
댓글이 적힌다
스크롤을 더 내린다
댓글 아래 댓글이, 그리고 또 댓글이 계속해서 내려간다
길다

나는 짧다
고작 5척을 겨우 넘는다

진정제

수면약 두 알

사실 수면제는 아니다 그냥 이완 및 진정제다

얼마나 하루 종일

긴장하고

불안하고

굳어있으면

고작 진정제 두 알로 나는 잠을 잘 수 있다 깨지 않고 몇 시간을 내리 쭉

이주 소박한 것 하나가

인생에 큰 도움이 될 수 있는 거지

작은 촛불이 모여

전국을 이루기까지

네 생각이 나서

카피바라 인형

버터 쿠키

일본식 푸딩

공주 밤 양갱

딸기 롤케이크

캐릭터 일러스트 가방

한옥 풍경 사진엽서

밀크초콜릿 가나슈

SF소설 신인문학상 수상 작품집

고양이 수염

디자인 떡메모지

노벨상 수상 작가의 시집

비건 샴푸바

2주 전에 담근 딸기 위스키

친한 친구

인스타그램 스토리 업로드를 해 가끔은 전체 공개가 아닌 친한 친구 목록만 볼 수 있게끔 올려 사실 나랑 친한 친구가 아니라 나랑 비슷한 사람들 내가 뭘 하던 간섭하지 않는 사람들 나를 보고 부럽다고 생각해 줬으면 하는 사람들 그게 아니라면 없는 친구 이제 친할 수 없는 친구 우리 친구야, 하고 말할 수 없는 친구 맞팔로우 된 계정이 2개라서 2번 울음 짓고 넘어가는 그 스크롤

핫팩

매우 강한 열을 모두 배출하면 그것은 돌처럼 딱딱하게 굳는다. 본인이 가지고 있는 모든 걸 태워버린 뒤에는 시체처럼 경직된다. 고작 몇 시간 동안 다른 물체를, 혹여 공기일지라도, 따뜻하게 도와주고 난 뒤에는 다시 돌아올 수 없는 시간을 건넌다. 나는 다 굳어버린 핫팩을 내려다본다. 얼마나 오래 열을 뱉었는지 그건 다시 사용할 수 없다. 너무 열렬하게 살다 보면 그렇게 되기도 한다. 거울을 본다. 딱딱하게 굳어버린 내 손을 본다. 차갑게 식어가는 내 발을 본다. 나 혼자서는 못 했을 일을 주위 핫팩들과 같이 한다. 온기를 나누고 용기를 북돋아 주고 힘내자며 등을 쓸어내려 준다. 그럼 손끝에서 굳어가던 것이 팔까지는 들어오지 못한다. 불편하지만 그렇게 살아갈 수는 있다. 여의도에서 한참을 걸어 집에 왔다. 손끝은 차갑게 굳어있으나 아직 팔 관절은 움직인다. 주위에 있던 핫팩들 덕분이다. 모든 기운을 다 발산하고 죽어가고 싶던 나를 어루만져 주던 그들. 오늘은 식을 날이 아닌가 봐.

내게 주어진 것이 있다면

2부. 작은 한 평 텃밭일 거야

겨우내

한동안 책을 읽지 않았다 저번 겨울을 기점으로 활자 없이는 살 수 없는 사람으로 돌아왔다 밖으로 나가 직접 체험하는 대신 그대들의 얘기에 다시 푹 빠져 있다 주로 읽는 건 소설이나 산문 그리고 시 외치는 문장을 듣는다 글은 그 자체로는 소리가 없으나 묵묵히 듣고 있자면 그 글자 하나하나가 어느새 내 몸 세포 하나하나까지 깨운다 고작 이번 겨울이 시작되었을 때 나는 벌써 18센티의 책을 읽었다 가끔 문장의 기원이 궁금해 같은 작가의 다른 글도 열심히 훑었다 어느 작가는 소설을 쓰다 보면 과거의 본인을 위로하는 문장이 만들어진다고 한다 그게 퍽 부러웠다 나도 내 글로 하여금 나조차 위로받을 수 있기를 바란다 겨우내 많은 것이 바뀔 것이다 아니 바뀌어야만 한다 우리는 다시 그 끔찍하고 차갑고 억울하며 잔인한 봄을 맞을 수 없다 개인의 고통이 아닌 집단의 고통은 그 밖의 사람까지도 지옥으로 처박는 일임으로 겨울이다 이번엔 얻어먹은 활자를 뱉어보는 일을 해보고 싶다

당근 껍질

배가 고파 당근 하나를 꺼낸다 나는 생당근을 먹곤 한다 당근을 먹기 위해 수도꼭지를 올린다 흙이 얼룩덜룩 묻어 있는 그것을 쏟아지는 물 아래 가만히 둔다 껍질을 벗기면 구태여 물에 당근을 벅벅 오래간 씻을 필요가 없다 그냥 벗겨내면 그만이다 하지만 나는 그 무엇도 버리고 싶지가 않다 내가 겪는 그 무엇도 나를 거쳐 버려지는 꼴을 원하지 않는다 나름 무언갈 품고 있는 당근 껍질을 억지로 벗겨내어 쓰레기통에 처박는 짓 같은 건 도저히 그래서 나는 당근을 물에 박박 씻어 도저히 씹을 수 없는 모래와 상한 꽁다리 부분만 벗겨낸다 모든 걸 꼭꼭 씹어 삼킨다 내가 만난 나를 스쳐 간 그 무엇도 나의 일부분이 되길 바라면서 내가 좋아하지 않았던 것 나를 괴롭혔던 것 누군가가 괴로워하던 것 희생당하길 강요하던 것 그 장면 그 시간 그 무엇도 내가 되기를 바란다 영 나를 죽게 만드는 것만 빼고 그 하나하나 모두 나를 구성하게 되는 명예를 원한다

상해

상해

위 바다

아래 땅

바다 옆에 있을 그 땅은 왜 상해로 불리게 되었을까

이름에는 다 이유가 있는 법

내 이름은 돈을 주고 지어졌다

밝을 소, 밝을 희

밝게만 자라도 충분하다는 의미를 담았을 것 같은 이름이지만

나는 평생 모부의 기대에 부응하지 못해

고통을 달고 산다

아직도

그 끔찍하게도 다정한 기대의 흙에서

나는 그 무엇도 틔우지 못했다

차라리 이름이라도 이리 짓지 말지

밝게 살 수 있게

천성이 밝지만

바람이 거세어 내 안의 불구덩이는 여전히 비어 있다

상해 가는 비행길,

나는 괜히 도망치는 것만 같다

아침 운동

오늘은 5시에 눈을 떴다

밖은 아직 캄캄해 겨울인 덕분에 햇빛 하나 내리쬐지 않는 새벽

나랑 밤을 같이 보낸 고양이들을 쓰다듬다

이내 자리를 털고 일어났다

운동 갈 시간이야

스포츠 브라와 레깅스를 입고 그 위에 옷을 한 겹 더 입는다 이대로 나가면 얼어버릴

테니까

폼롤러로 몸 이곳저곳을 풀고 나서 러닝머신 위에 오른다

평소보다 오래 뛰었다 심장 뛰는 소리가

벌떡

가쁜 숨 내뱉는 소리가

후 후

나 살아 있구나 비록 지금은 제자리걸음으로 뛰고 있지만 날이 따뜻해지면

다시 다리를 쭉쭉 뻗어 떠날 수 있으리라

머신 위에서 제자리걸음으로 뛰어 멀리 갈 순 없어도 기회가 될 때 저기까지 갈 수

있는 지구력을 만든다

아침 운동 1시간은 그런 존재다

때가 되면 떠날 수 있음

타지

익산,
그 작은 도시 빼고는 다 타지

그 커 보이는 서울도, 한국도, 한반도도
다 타지
남의 것
나의 것 하나 없는
이곳은 타지

상해,
이 커다란 도시 또한 타지
아무도 나를 모르고, 나 또한 아무도 모르고, 아무 말도 알아들을 수 없고, 내 말 또
한 아무도 알아들을 수 없는
이곳은 타지

이제야 옳은 곳에 온 것 같기도 하다

나는 아무에게도 인지 당하고 싶지 않았던 거야

내 고향에게도

내 삶에게도

이 기쁨을 온전히 누리고 싶어서

걸음을 빨리한다

빵 봉투

오늘도 기차에 앉는다 모두가 한 손에는 빵 봉투다

떠날 수 있다는 건 얼마나 행운인지 또 행복인지

이 작은 자유를 통해 나는 간만에 숨을 쉰다

차갑고 맑은 공기

또는 뜨겁고 탁한 공기여도 좋다

고여 있는 그것보다는 그 무엇이라도

햇빛이 길게 늘어진다 나를 찌르는 것처럼 다가온다

그게 마냥 싫진 않다

돌아가는 길이지만 구태여 일정을 늘리진 않는다

그래야 다시 떠날 수 있음을 이제는 안다

쉬러 가야지 그래야 다음 타지로 갈 수 있으니

곧 해가 진다

곧 탁 트인 토지 위로 노을이 지고 또 별빛이 뿌려지겠지

심어진 별 씨앗은 어떤 잎을 낼까

자라길 원하는 반짝임을 떠올린다

선명한 두 눈빛은 그 무엇보다 사랑스러운 것

그 빛을 탐낼 때가 있었다

쓸데없는 욕심은 부리지 않는 것이 좋다는 것 또한 중요하지

막내의 반짝임은 언제나 그립지만 매일 보다간 타버릴 거야

4만 4천 보

아침에는 러닝을 뛰었어
황푸강을 따라서
태양도 밝히지 않은 동네를 천천히,
일출은 6시 57분이었지만
나는 5시에 나가서 20분을 뛰고
40분을 걸어 돌아왔지

자는 친구의 손을 만졌어
나는 얘가 언제 잠들었는지 알 수 없으나
곧 일어나야 한다는 걸 알았지
놀란 표정의 친구를 데리고
상해임시정부청사를 갔어

이 좁은 계단으로 얼마나 많은 분노와,

열정과,

그리고 설움이 기어 올라가고,

또 기어 내려왔을지

나는 한 달 사이에 녹초가 되었건만

미슐랭 선정 국숫집에서 밥을 먹고

한참을 돌아다니다가 보니

4만 보를 넘게 걸었네

어디론가 떠나서도

어디론가 떠나고 싶은 마음

조잘대는 한국어를 두고

어떤 언어인지 알 수도 없는 그곳으로

4만 4천 보로는 부족한가 봐

씨앗 찾기

땅을 준비하기 전에 씨앗을 먼저 사보기로 한다 씨앗을 골라야 심을 수 있으니까 어떤 걸 심을 건지 정해야 한다 난 아직 무얼 심을지도 결정하지 못했다

그래서 무작정 상해로 떠난다 대한민국 임시정부가 있던 곳 대한민국의 씨앗이 잎을 내기 위해 바들바들 떨던 곳 그곳으로 온다

낯선 이처럼 캐리어를 드륵 드르륵 끌며 도착한다 누가 봐도 나는 타지인 여행객 그 무언가

여기서는 부디 내가 무엇을 원하 지 어떤 씨앗을 심고 싶은지 찾을 수 있기를 바란다

각자의 기록

나는 미술 작품을 잘 이해하지 못한다 일년에 책은 오십 권을 넘게 읽으면서도 미술

관에 가면 전시품이 된 것처럼 가만히 있는다

누가 건들어주지 않으면 기능하지 못하는 것처럼

미술을 어떻게 감상하면 좋을지 모르겠다 지인에게 털어놨다 사진은 보면 감탄스러

운데 미술은 괜히 부담처럼 느껴진다 말했다

그냥 그 시절의 사진인 거예요 그때는 사진기가 없었으니까

물감이 없었을 때는 글자로

펜이 없었을 때는 말로 그리고 벽화로

인간은 기록하지 못해 안달인 존재니까

나는 안달이 나서 비행기 안에서조차 무언갈 끄적인다 적을 곳이 없어 종이 재질의

클린 백에 볼펜을 굴린다

다작

씨를 뿌려

물을 부려

햇빛을 받고

싹을 틔우지

저는 어떤 씨를 사야 하나요?

그건 네가 선택하는 거란다

알려주면 안 돼요?

알려줄 순 있지

그럼 알려주세요

대신 마지막 선택은 네 몫이야

저는 싫어요

내 선택으로 인해

나와, 지인과, 내 가족이

고통받는 걸 보고 싶지 않아요

실패작이 되고 싶지 않아요

선택하지 않는 방법도 있어

선택하지 않는 방법도 선택일 뿐

무언가 만들어 내려면 먼저 심어야 한다

많은 성과를 낸 사람은 많은 것을 심은 사람

내 안에는 경작지가 없어

뿌릴 씨앗이 없어

씨앗을 심을 수가 없다

그러니 무언갈 얻을 수도 없지

기계식 키보드

동생 방에서 훔쳐 온 기계식 키보드
단어를 누르면 칭찬해 주는 키보드
번쩍거리는 게 퍽 마음에 든다
동생에게는 작아도 나에게는 맞는다
각자의 크기가 있는 거지
너한테는 맞지 않는 이름표도 나에게는 맞을 수 있다
내가 가진 표를 다른 사람에게 나눈다
저는 이제 필요 없어요 다른 꿈이 생겼거든요
따닥 다다닥 딱
퉁
타자 소리가 경쾌하다
내 마음이 우러나는 듯해
공과 대학 석사 졸업장은 아버지에게 넘겨주고
나는 글자를 쓴다 또는 키보드를 두드린다
펜을 들어도 좋지 내 말을 기록할 수 있다면 무엇이든

사기꾼

사랑?

어떤 게 사랑인지 아무도 알려주지 않았어

내 양육자들은 내게 사랑을 전하는 법을 몰랐고

나는 받아본 적 없는 감정을 알 턱이 없지

사랑보다는 볕이 들지 않는 창가에 앉아 먹는 양갱과 차 한 잔이 더 끌려

알지도 못하는 맛을 원할 리가 없지

같이 산책하고 싶은 마음이 사랑이야, 같이 껴안고 자고 싶은 감정이 사랑이야, 아니

면 대신 아프고 싶은 심성이 사랑이야,

사기꾼이 사랑을 아나?

* 영화 〈아가씨〉의 대사를 인용했습니다.

양극성 장애

가톨릭대학교 병원 의사 선생님이 웃는다
병이 아니고요 소희 씨는 그냥 이런 성향을 가진 거예요
조울증이 아니라고요?
네 이렇게 관리하면서 살면 되는 거예요
나는 마스크 쓰고 오길 잘했다고 생각한다
한 번 구겨진 비닐은 자국이 남지
그 뒤로 약을 먹지 않았다 나을 수 없는데 간까지 죽여버릴까 봐

동네 의원 의사 선생님이 무뚝뚝하다
네 양극성 장애가 맞네요
오늘은 마스크를 쓰지 않았다
구겨진 그대로 웃는다
리튬을 처방받으며 나는 실실 웃었다 안도의 미소와 함께 마을버스 정류장으로 향했
다
나을 수 있는 거였네
내가 이상한 게 아니야 이건 병일 뿐
질병과 나는 다른 거지

51

구태여 원인을 찾고 싶지도 않다 그저 이겨내면 그만

마을버스 맨 앞자리에 앉았다 탁 트인 시야로 익숙한 풍경과 함께 나를 괴롭혔던 것

들 나를 고통으로 몰아넣은 사람들이 지나간다

나는 괜찮아 고칠 수 있대

부품이 없는 게 아니라 녹이 슨 거래 닦아내면 된대

당이 떨어졌어

그런 말이 있잖아
자기야,
너는 나의 에너지,
우주야, 바다야

운동이 끝나고 나면,
일에 한바탕 집중해서 마무리 짓고 나면,
누군가 옆에서 나와 다른 의견으로 고함을 지르면,
깜빡 놓고 온 물건이 떠오를 때면,
나는 당을 챙긴다
의자에 기대어 멍하니
내 당을 생각한다

씻기지 않아도 언제나 보송한 털과

가끔 눈곱이 끼어 있는 투명한 눈과

어디에도 팔지 않는 비싼 젤리

그런 것들을 상상하다가 결국 사진첩을 연다

납작한 내 당을 이따금 감상하다가 다시

당을 소비하러 간다

내 책임이지만 오히려 받는 게 더 많은 것 같기도 해

마작

칠 줄은 몰라

내가 아는 건 루미큐브의 바탕이 되는 놀이라는 것

중국에서 시작되었다는 것 마작 패를 손에 쥐었을 때의 안정감이 퍽 좋다는 것

마작치는 친구들의 표정도 알지

무엇인지 모르겠지만 잘못 돌아가고 있을 때 다영의 눈썹과

잔뜩 찌푸린 채 집중하고 있는 하은이의 미간과

생각에 빠져 헤, 하고 벌려진 지현의 입술과

모두 다 가지고 있는 또렷한 눈빛 즐거워 보이는 콧잔등

나도 배워볼까 하다가도 금세 실증이 나서 책을 펼친다

맞아요

맞아요

맞습니다

저는 맞는 말을 하지 않았는데요

옳고 그름에 대한 말을 하지 않았습니다

제가 말한 건 다른 겁니다

맞아요

맞습니다 맞이합니다

뭘 맞이하는데요

당신의 말을 맞이합니다

생명이 감싸는 입술에서 나오는 모든 말을 기꺼이 받아들입니다

반짝거리는 두 눈으로 보는 모든 시야를 부러워합니다

간지럽히는 두 귀로 듣는 모든 소음을 아쉬워합니다 순간이 사라지는 게 싫습니다

당신의 모든 것이 아름다워서

저는 당신의 모든 말이 맞습니다

맞아요

17시간

새벽 3시 반에 일어났다
지금은 저녁 8시 반
17시간 동안 깨어 있다
곧 자야 할 텐데 구태여 잠에 들고 싶지 않다
의미 없이 스크롤을 쓱 내린다

차창처럼 휙 변하는 화면
돈을 쓰지 않아도 작은 화면에서 전 세계를 본다
그러고 싶지 않아

나는 여행 대행사 어플에 들어간다
항공권 검색 출발지 인천 도착지
상해는 18만원
다련은 13만원
후쿠오카는 35만원

떠나고 싶은 와중에 동아시아를 벗어나지 않는다

잠시 머뭇거리다가 도착지를 변경한다
시드니
맬버른
그게 아니라면
뉴욕
또는 비엔나

17시간 비행하면 어디로 갈 수 있을까
나는 오늘 용산구와 동작구를 벗어나지 못했는데
비행기를 탄다면
어디까지 갈 수 있을까
나를 얼마나 모르는 곳으로 도착할 수 있을까
소리 없이 히죽 웃는다

시인의 말

하루하루를 사랑할 수 있는 사람이 되고 싶습니다.
차라리 하루를 구성하는 것들이라도 사랑하고자 합니다.
그러기 위해서는 먼저 주위를 관찰해야겠지요.
일단 그 첫걸음부터 떼볼 생각입니다.

2025년 3월 16일
오소희

땅과 씨앗이 필요해
ⓒ 오소희

발행일 2025년 03월 16일
지은이 오소희

발행처 인디펍
발행인 민승원
출판등록 2019년 01월 28일 제2019-8호
전자우편 cs@indiepub.kr
대표전화 070-8848-8004
팩스 0303-3444-7982

정가 7,000원
ISBN 979-11-6756662-1 (03810)